ペーター・ハントケ

阿部卓也＝訳

アランフエスの麗しき日々

夏のダイアローグ

論創社

オーストリア大使館
オーストリア文化フォーラム

GOETHE INSTITUT
This translation was sponsored by Goethe-Institut.

Japanese edition published by arrangement through The Sakai Agency

目次

アランフエスの麗しき日々——夏のダイアローグ

Sに。

登場人物

男

女

男　どっちから始める?

(そしてふたたびの夏。そしてふたたびの麗しい夏の一日。そしてふたたび一人の女と一人の男が、戸外のテーブルを挟んで、空のもとに、座っている。庭。テラス。樹々の音は聞こえるが、見えてはいない。夏の優しい風のなかで、樹々は存在を主張するというよりは予感される。そしてときおり吹くこの夏の風が、舞台/風景にリズムを与えている。テーブルは大きめのガーデンテーブル。男と女はテーブルを挟んで、距離を置いて向かい合っている。二人とも地味な夏服を着ている。女の方は明るめの色、男の方は暗めの色の、どちらも流行とは無関係の服。人物たちも、時代を超越している。どんな時局とも、どんな歴史や社会の枠とも無縁。彼らも、存在を主張するというよりは予感される感じ。最初、二人とも、それぞれに、お互いには目をやらず、長いあいだ、見えない樹々の葉ずれに耳を傾けている。二人の頭上の空は、広やかなものと想像される。穏やかな、宥めるような空。その空に、ツバメの叫びが散発的に切れ目を入れる。樹々がざわめき立つごとに、一時間、あるいは丸一日が過ぎていくかのよう。)

女　あなたよ。決めてあった通り。

男　ああ、決めてあった通り。——初めてのとき……、きみと、男との初めてのときは、どうだった？

女　（男と同様、周囲の風景に調和した——と言っても度の過ぎないほどに——声で。）見て。木立の間をノスリが飛んでる。まるで矢みたいに。ノスリじゃなくてトンビ？

男　タカだね。ノスリもトンビも森のずっと上を旋回する。矢のように森の中を駆け抜けるのはタカなんだ。上の方、梢の間を飛ぶ時もあれば、下の方、幹の間を飛ぶ時もある。死んだタカを何度も見たよ。木に激突したんだね。病気だったのか、年寄りすぎたのか、若すぎたのか。——きみの、男との初めての夜は？

女　夜じゃなかった。それに彼は、男ではなかった。それに私は、女になったわけではなかった。それでもあれは愛の行為だった。彼は私に覆い被さり、私は彼に自分を差し出した。二つのからだが一つになった。このうえなく一つに！

男　話してみて。

女　しゃべりたいと思うことはよくある。とりわけこの経験、この話は。でも「話せ」って命令されると、話そうって気がなくなってしまう。

男　今日は特別だよ。今日は特別な日。いまは夏で、もしかしたらこれまでなかったような夏かもしれない。もしかしたら最後の夏かもしれない。それに、僕は命令しているわけじゃない。

女　うん、夏よね。もしかしたらここで最後の。あのときも夏だった。私の初めての愛の日。そのあとのどの愛の夜も比較にならないあの日。果樹園だった。灰色と、白の、鶏の糞が、刈り取られたばかりで短い草の中に点々と。

男　リンゴの木の一本には梯子が立て掛けられている。

女　当たり。

男　そしてきみはちょうど十八歳の誕生日を祝ったばかり。

女　半分外れ。私はまだこどもだった。十歳になるかならないか。でも半分当たり。あの日は私の誕生日だった。ううん勘違いかも。ただの日曜日だったのかな。夏の、日曜日？　私が晴れ着を着ていたことは間違いない。白。長い白いドレス、白いソックス、ヒールのない白い靴。私、この話、まだだれにも話したことがない。独り言みたいに、自分自身に向かってすら話したことがない。――そもそもこれ、お話になってるのかしらね。

男　話せよ。そしたらどうだか分かる。

女　午後のことだった。私はどこか果樹園の奥の、ブランコに乗っていた。リンゴ園で、サクランボ園ではなかった。私のドレスに赤いシミはなかった。その前にも、その後にもね。まわりにいた人の記憶は全然ない。それでも、家族が近くにいることは感じられた。母、父、兄、姉。そしてブランコの上の私は、だんだん勢いを付けて、だんだん大きなスイングで、家族の存在を忘れて、別の現在に入り込んでいく。

男　そんなに急がないで。——見ろよ、なんて白さなんだろう、ヒルガオの花びら。風にひらひら揺れて、ちらちら瞬いている。そしてまた萼《うてな》の深いこと。

女　でもブランコの上では事態が進んでいくのが速かったのよ。どんどん速くなった。そしてそれから、ある瞬間、頂点というか折り返し点で、突然遅くなった。ブランコは、私を乗せて、前のままのスピードで揺れ続ける。それも一瞬のことだったかもしれない。でも長い長い瞬間だった。そのときに、私の内側でなにかが目覚めたの。ゆっくりになったおかげで、私の中で何かが開いて、そう、沸騰したの。ゆっくりになったのと同じくらい突然に。私の中のなにか。それは同時に私の外のなにかでもあった。それが私を圧倒して――なんて言えばいいのかな――私を創り出した。私を、創り変えた。私はそれになり、それは私になった。そうよ、あれは歴史だった。他の歴史とまったく同じように。――ああ、でもそれをどう話したらいいんだろう。

男　「なにか」って？　「それ」って？　セックス？　きみのセックス？

女　どうとでもお好きなように。でもあのとき創り出されたもの、創り変えられたものは、私は決して「私のセックス」として体験したわけではなかった。そうじゃなくて、世界が、熱湯のように熱く、創り出されたような、世界が創り変えられた体験だった。

男　（テーブルの上へリンゴを一つ、ゆっくりと転がす。）血は流れたの？

女　なんでそんなこと訊くの？

男　そう決まっていたからさ。

女　ううん、血は無し。全然。私を貫いた稲妻は、なんの跡も残さなかった。ううん、やっぱりあったかな。血は出たわよ。鼻血が。

男　で、貫いたやつ、その稲妻って誰なんだ？　神？　最高神？

女　他のことを訊いて。

男　それからどうなった？　ずっとブランコの上にいたの？　揺れ続けてたの？

女　もう覚えてない。思い出したいとも思わない。分かっていることは、ブランコの上、果樹園の梢の間の高いところでの瞬間は、続いているということ。こどもの私は女王になった。あの瞬間はいまでも有効なの。たとえ私が今は女王は女王でも亡命した女王になってしまっているとしても。ううん、最初から亡命した女王だったのかもしれない。ここと違う世界の女王。玉座なんかどうでもいい。あのとき、私はこどもではなくされてしまったのだし、同時に、この地球に住む権利を奪われてしまったの。宇宙へ、未知の運命へと打ち上げられて、私は地上の、木々の下の、家族の近く、猫たちも犬も含めた家族のこんなにも近くにいるのに、不法滞在者になってしまった。無法な者、Desperada《デスペラーダ》。鉄の焼き印もとくになしに、あらゆる焼きの彼方の鉄によって、烙印を捺された者。最初は、甘い、この上なく甘いおののき。この上なく普遍的な甘さをともなった恐怖。そして次に、あの豪華なショックと、それからまったく別のショック……あのぞっとする感覚。あの世界創造は、同時に滞在禁止でもあった。あの瞬間から、この慣れ親しんだ地上に滞在することの禁止。甘美なショック、全然甘美ではないショック、甘美さの記憶……そんなふうに、今日まで。他のブランコの動き、横揺れ。ひどいことだったのか、いいことだったのか。あの時はそれでもブランコの下に自分の家族をまた見つけることができたから、まるで何もなかったかのようだった。あとまで続く秘密だけ残った。その秘密にあるときはうっとりし、またあるときは……。それで、ああ、いま、話していて思い出した。あの稲妻は、私を、上からではなくて、下から襲った。地面からやってきた。私の骨を焼いたわけじゃない。むしろ二番目の背骨を与えてくれた。より強い背骨を。そして、ああ、私をミミズ腫れにした。罰とは正反対のミミズ腫れ。子供が揺れていた。と同時に巨人の女が揺れていた。こどもが揺れている。女が揺れている。——ここはなんて静かなのかしら。

男

本当に静かになったねえ。特に今日は、朝から。ツバメたちでさえ、叫ぶのをやめてしまった。かろうじて聞こえるとすればツバメたちの羽のかすかな音。飛行編隊のように、突然、庭の上を飛ぶときの。どこからとも知れず、ほんの一瞬前に生まれて、飛んでくる。領空そのものから。こんな飛行編隊なら嬉しい。

女　それどころか蝶が羽ばたく音も聞こえる。それも耳の間近というわけでもないのに。そしてトンボの羽根のきしむ音。ずっと遠くから。へんね、トンボなんて。近くに湖があるわけでもないし、見えるところに川も池もないのに。

男　畑の小麦のきしむ音と間違えているのかも。明日収穫がはじまるそうだ。へんだな、今年はこんなに遅いなんて。とうに夏も盛りになっているのに。

女　その言葉もへん。夏の盛り、盛夏。こんなに深い静けさなのに。深い静けさ。私にはこの言葉のほうがふさわしい気がする。私たちが、私があなたと話し始める前、静けさの到来する感じ、静けさが降りてくる感じがした。あるいは付け加え、補うような静かさ、静かさがこの地域へ降りてくる。この辺りだけではなくて、むしろ地上の全体に。地上は、静けさの降臨とともに、ゆっくりと変身する。昔の人が考えていたような一枚の円盤に。クレーターに、窪地に。深い静けさのおかげでこの土地が深さを獲得した。また変な言い方になるけれど、深さ、低さを獲得する。

男　甘美な幻想だ。

女　幻想、甘美。それが、あなたの声を導いていた。あなたの最初の問いに。幻想にとりまかれていたからわたしはあなたの問いを、というよりあなたの声を、信頼する気になった。このゲームを一緒にプレイし、あなたに答えることができた。あなたに答えると同時に、空の上の、天頂を旋回したワシに対しても答えることができた。そのワシが今でも旋回している。

男　もし、ヘリコプターがこの場に飛び込んできたらどうかな？　戦闘機とか、爆撃機とか？

女　それはありえない。今はダメ。

男　そしてもしきみのクレーター、きみの窪地から大きな叫び声があがったら？

女　それはありえない。今はダメ。かりにそんなことがあったとしたら、それは静けさと調和した叫び、静かさをリズミカルにする叫び。

男　たとえば？

女　（例を示す。）

男　で、続きはどうなったの？　君と、血と肉を備えた最初の男の話は。どんなふうに、どこで、いつ、だれが？

女　何も覚えていない。肉も血も。私自身の血と肉も、だれか特定の男の血と肉すらも。

男　暗い夜？　見知らぬ男？　見えない男？　雨の中からやってきた男？　夜中の不審者？　よろめき迷い込んできた、雪めくらになった男？

女　また昼日中だった。そしてまた夏の日だった。ずっとあとの。もしかしたら、夏ではないのに夏のような日、よくある夏日だったかもしれない。今日のような日。ううん、でも、ぜんぜん違う。

男　そりゃそうだろう。

女　舞台からして違っていた。海辺の塩田。木は一本もなし。いいえ、クワの茂みがたった一つ。ラズベリーのような小さな赤い実をいっぱいにつけて。でもラズベリーよりもずっと甘みが少なくて、もっと柔らかかったかも。そしてその茂みの下が、塩田で唯一の日蔭だった。

男　塩田なら、例によって、小さな石造りの家があっただろう。少なくとも小屋か板小屋が。

女　その通り。木造の小屋があった。クワの茂みに隠れて。思い出した。やっぱり今初めて、話をしながら。

男　そしてその小屋の板壁は灰白色、塩田の塩のようなほとんど白。塩粒を含んだ風に晒されて。塩田をはるかかなたまで囲んでいる板の柵のように。

女　小屋の扉には錠がかかっていた。窓はなかった。私たちは扉を破らなければならなかった。

男　強い奴だったんだ、その男。

女　二人で線路のレールを使って扉を破ったの。昔、塩を運び出すのに使われていた鉄道の。塩田はあらかた打ち捨てられていた。レールは錆びていた。錆びの粉が、わたしたちの両手に付いた。わたしたちは、一言もかわさずに、二人で扉を破ったし、そもそもレールを摑んだときも無言で、それが一つの動作になっていた。

男　きみたちは塩田で会う約束をしてたのか。

女　ううん、私は最初からそこに座っていたの。クワの木の蔭に。

男　そして男が来たとき、まだずっと遠いうちから、君はすぐに立ち上がった。

女　ええ。その男のせいでというよりは、彼のシルエットのせいで立ち上がったんだけれど。あのシルエットは、遥か遠くから、私になにか約束してくれていた。約束の地、というときの約束。それは私を駆り立てた。シルエット、それは、今にいたるまで、私にとって、約束を意味しているの。シルエットのない人物は、何の約束でもない。無でしかない。

男　きみたちは前にも会ったことがあった？

女　違う質問をして。

男　彼はまっすぐきみに向かってきた？

女　私のことが目に入る前から、彼はまっすぐ茂みに向かってきた。私のことに気がつくと、彼は立ち止まった。それから反対に歩き出した。それから、三歩歩いてから、またこちらを向いて……。

男　きっちり三歩？

女　きっちり三歩。三歩歩いてからまた振り返った、まるで自分の意志に反することをしているみたいに、なにか自分よりも高度な、あるいは自分よりも深い力に強いられたかのように。

男　磁力をおよぼしたのかな、君が。その女が。その女がそこにいることが。

女　かもしれない。でももしそうだとしても、たんに私のせい、私が突然そこにいたせいだけじゃない。やっぱり場所のせいでもある。ほとんど打ち捨てられた、世界から見捨てられたような塩田の、広さと光のせい。ああ、磁力というのとはやっぱり違う。――欲望に襲われたのね。塩の色をした空虚とその場で一つになりたいという衝動。

男　で、きみは？

女　彼と同じよ。

男　Ut pictura poesis?《ウト・ピクトゥーラ・ポエーシス》　詩ハ絵ノゴトク？　Ut poesis musica?《ウト・ポエーシス・ムーシカ》　音楽ハ詩ノゴトク？
Ut musica pictura?《ウト・ムーシカ・ピクトゥーラ》　絵ハ音楽ノゴトク？

女　私と男の間には何のちがいもなかった。何の問いも。何の言葉も。何の、何て言うのかしら、前戯も。そもそもなんの戯れもなかった。遊びの要素は全然なし。真剣そのもの、ようやくの真剣さ。真剣な、より真剣な、最高に真剣な。真剣さのかたまり。そうなると真剣さ自体が共同の笑い。

男　塩田の中の記念碑的映画。地上《ここ》より永遠《とわ》に　From here to eternity.

女　ええ、記念碑的。永遠？　うーん、ああ。

男　記念碑的。場所のおかげで。

女　場所、男、わたしのおかげで。それまでの命あるものと命なきもののおかげで。

――なぜあなたは質問するのを急にやめてしまったの？　質問してもらえなければ私は先に進めない。質問がなければ私は盲目で無言。訊いて。そういうことになってたでしょ。

男　だったら小屋の中では何が見えた？　ひと気の無い塩田の小屋の中では。

女　光そのもの。

男　何？　光そのものが見える？　言っておくけど光によって、光をつうじて、ものを見ることはできる。あかりを見ることもできる。でも光そのものをじきじきに見ることはできないよ。おまけに小屋は窓が無かったし、扉はきみたちの背後で閉じられていたはずだ。

女　ええ、扉は閉まっていた。でも板のあちらこちらに隙間があるし、一か所、節穴もある。その穴を通して太陽の光が差し込んでいる。先のとがったクワの葉の影が地面に落ちている。それから彼の身体の上に、わたしたち二人の身体の上に、影が落ちる。小屋の床は粘土で、暗い滑らかな黄色。波打ってひびわれた黄土色。

男　その葉の影が目に見えるよ。クワの葉みたいにぎざぎざした葉は他にはないし、影であればなおさらだ。独特な影だね。他のなんの影よりも夏を表している。夏の盛りを。夏の核心を。

女　あの光は小屋の床から、粘土の地面から、物質から、立ちのぼっているの。そしてその光も、それから、ことが進むに従って、物質になっていく。わたしたち、彼と私を包む布地になっていく。わたしたち二人は裸で、床から次から次へと立ちのぼってくるほのかな光を身につけようとしていた。二人とも完全に同じ、一種優美な衣装。あんな衣装に身をくるまれたことは後にも先にもない。とりわけ後にはない。世界一美しい、そうね、世界一高価なドレスを身に着けたとしても。あんな衣装は、あとになって、夢にしか見ることができないし、いまも夢見続けているの。

男　そしてそのすべてはゆっくりと、むらなく起こったわけだ。脱ぐことも、そのあとそんな衣装を身に着けたことも。以前の最初の時のような突然の瞬間というものはもうなかったんだね？　瞬間というものはない。

女　いま思い出した。突然、クワの葉の影が色付いたの。

男　どんな色に？

女　知らない色。名前のない色。なにか濃い色。

男　きみは眼を開けていたの？

女　もう覚えていない。どっちにしても、私はまるでその瞬間、眼を開けたみたいだった。その前は、聞いているだけだった気がする。耳だけを使って。

男　相手の息づかいを聞いていたのか。

女　あなた、わたしたちのゲームのルールに違反してるわよ。――外の物音を聴いていたの。塩田の音、塩田よりも外の音。

男　怖かったから？　気が散っていたから？　自分の気を紛らわすために？

女　その質問もルール違反。それともあなたはそうやってただわたしが反論するように挑発してるわけ？　そしてそうやって事実が引き出せるとでも？

男　（テーブルの上のリンゴを自分の方に転がして戻す。）最初に熟すリンゴの時季だ。早生リンゴの。秋に熟する他の品種よりもずっと早く。白い皮に、さらに白い、純粋に白い果肉。けれどその中、真ん中には、種がある。僕の知る限り、他のどんな果物にもないような黒い色の種だ。こんな早生リンゴが、ぼくにとっても、かつて、夏そのものを意味していた。最初の夏休み、宿題もなし、自由そのものの日々。背中に重い教科書もなく、両手は空、いや、そのリンゴ一個だけを手にしている。またそのリンゴがなんと軽かったことか。ただ、早生リンゴの樹はいつのまにかあまり見かけなくなってしまった。もしかして絶滅してしまったのだろうか。

女

実際はこう。場所のおかげ、小屋のおかげ、その男と私のおかげで、私の耳は、それまでどこでもなかったほど、かつてなかったほど、開かれた。私の耳が耳になった。そして聞こえてくるものは、みんな合わさって、一つのアンサンブルになった。そこの音、あちらの物音、ひとつまたひとつ、あるいは隣り合い、あるいは一緒に、次第に大きく広がって行く全体の楽器になった。あそこで乾いた葉がかさこそいう音が、緑の葉群れのざわめきに混じっている——あそこで蜘蛛の巣に捕まったハエがうなっている——あっちの空のほうでカモメの叫び声がする。その声は、一時間前だったらホラー映画の悲鳴のように聞こえたかもしれないけれど、いまはもうそうではなかった。——むこうの方では、あの音が、ほとんど繊細な、ほとんど音そのものの音、蟬の鳴き声が。——そしてあっちの裏手では、塩の山の頂上に、雷のようなとどろきが。それは別のときだったら死を招く雪崩の音のように思えたかもしれない。でもいまはもうそうじゃない。いまはちがう。

そして湾の向こうのドックから聞こえるリズミカルなハンマーの音。あの頃からもうまったく耳にしなかったようなハンマーの音。たとえドックがとうの昔になくなっていたとしても。

男　そしてその後は？

女　私たち、気がついたの……

男　私たち？

女　そう、私たち。私たちは気付いたの、私たちが排泄物の層の上に寝ていたことを。人間のうんちの上に。古い、乾き切って、でも塩気を含んだ空気のせいで、形も色もよく保ったままの人間のうんち。それで私たち、私たちは気がついたの、私たちの足元に、小屋のもろい屋根から滴った雨水の水たまりがあって、その中でなにかがくねくね動いていた。大きなミミズのようだったけれど、実はヒルだった。血のソーセージのように膨れ上がって黒かった。なにしろずっと彼のかかとに食いついていたのだから。――彼の方は食いつかれたことも、血を吸われたことも、気付いていなかった。――そしてヒルの方はちょうど満腹して、地面に、狙い違わずその水たまりに、落ちたところだった。

男　そしてそれから？

女　笑ったわよ、私たち。私たちが笑ったの。二回目ね。

男　きみたちがさっき真剣だったのと同じように笑ったと。

女　Oui, Sire.《ウィ・サー》 Sí, Señor.《シ・セニョール》なにしろ私たちは神の御意志を満たしたのだったから。

男　そしてきみたちは神々のようだった。そしてきみたちは神々のようでいられたの、その後も？

女　しばらくは。しばらくの間は。少なくともあの遠い夏の日からしばらくは。

男　そしてそれから？

女　私たちは結婚し、幸せに暮らしましたとさ。だんだん、神々のようではなくなっていったけれども、私たちの日の尽きるまで。おしまい。

男　ということはメルヘンだったたってこと？　夢？　きみは夢を見ているのか話しているのか。

女　あなたがどうしても知りたいというのであれば——私たちはずっと一緒だった。「わたしたち」というものが無くなってしまうまで。——一人の男も、そのシルエットもなくなってしまうまで。あとに残ったのはただ、他人。

男　妙だな。今日は一日中、なにかお祝いをしなければいけないような気がしていたんだ。お祝いしようがすまいが、明日は首都に戻る。仕事が待っている。仕事、待っている、か。戦いだよ。闘争、権力、裏切り、殺人。殺すか殺されるか。つかの間の情事。別の危険性をもった愛のかわりの危険な情事。

女　でも今のところは時間があるわ。あなたの仕事だか虐殺だかは待たせておけばいい。待たせとかなきゃだめ。私のものね。のんびりしましょう、ね？

男　アランフエスに行ったことがあるんだ。

女　アランフエス？　あのアランフエス？

男　アランフエス、あのアランフエスは小さな街で、マドリードからも遠くない。南の方、トレドの手前だ。栄えていた頃は、スペインの王様の夏の離宮だった。広大な庭園以外ほとんど何もない。タホ川の支流が何本か横切っている。タホ川というのはイベリア半島で一番大きな川だったと思う。そして庭園の真ん中に王の城がある。僕がアランフエスに行ったのは城のためじゃなくて、ずっと前に、その庭園の中にあるという“Casa del Labrador《カーサ・デル・ラブラドール》”のことを聞きかじったからだ。まったく特別な、他に類を見ないという「農民の家」。そしてとにかくその時が、その日が、やってきた。僕がこの“Casa del Labrador”をどうしても見て、入ってみたいと思うようになる日が来たわけだ。理由はさまざまあるが一つだけ。その名前だけでももう、そこに行ってみなければと思った。そういうことは、いまに始まったことじゃなくて、よくあることなんだけど。農業労働者の家、百姓の家が、王の庭園の中に、見どころとして存在するというんだ。アランフエスの城自体にはほとんど興味を惹かれなかった。さっと眺める程度の価値も感じられなかった。庭園に入って、すぐに“Casa del Labrador”を探しにかかった。もっとも、探すまでもなかった。その道は長くて、歩けば歩くほど長くなっていくように思え、そしてまた期待も高まっていくように思えた。それにまた進めば進むほど、庭園の遊歩道というよりは、薮のかぶさった小道のようになっていった。太古の森の中の道みたいにね。でも、道しるべはしっかりしていたんだ。でもやっと着いた農民の家は、予期に反して、薮の中に隠れているわけでも、下生えに半分覆われているわけでも、人工的な庭園の向こうの、自然に茂ったスペインのステップやサバンナの一部になっているわけでもなかった。その反対で、あまりに青々とした芝生のなかにあって、あたりの庭園は、もしかしたら王の城のまわりよりももっときちんと整備されていたかもしれない。そして“Casa del Labrador”自体がもう一つの城で、メインの城よりは小さいものの、もしかしたらもっと豪華と言えるかもしれない。特に内装がね。生き物の痕跡も、労働者の手の痕跡も、いくつもの広間にも、一連の部屋にも、見られない。順路を離れた壁のくぼみにも。百姓の痕跡は言わずもがな。“Casa del Labrador”という名前が、この第二の城の広間や部屋に飾られた絵画から来ているのだということは、行ってみて初めて知った。そのフレスコ画は、いや、フレスコじゃないかもしれないが、僕の記憶が正しければ、おそらくわれらが主イエスキリストの生誕後十七世紀あたりの、カントリーライフの牧歌的な余暇の時間をトランプをして過ごしているような人物のスタイルにしたがって、描いたものだった。屋根瓦からしてこの上なく王侯貴族的なこの農民の家のどの部屋にも、どこかゲーム・サロンのような雰囲気があった。トイレでさえも。トイレというのは人間の生活のかすかな気配があるものなんだが。チェスボード、タロットカード、ビリヤード台、百姓の家にあったのはそれだけだ。

女　あなたはその“Casa del Labrador”に何を期待して行ったわけ?

男　板小屋かな。泥でできた小屋か。それも違うかもしれない。いや小屋には違いない。他に例を見ないような。城のように大きな小屋。いや、城のように、じゃない。もっと大きい。そしてきみが今言っていたような光。愛の行為の光。塩男ときみの間のような行為ではないとしても。世界に二つと無いような、死者たちのための記念碑。現代のどんな建物とも違う、未来のためのよすがとしての、過去からの小屋。他のどこにもないような、もちろんどんな博物館にもないような、畑仕事の道具、収穫の道具。僕のために定められた道具、来《きた》るべきもののために、盗み出して、手元に置いておきたくなるような道具。そしてもしかしたらこの大聖堂のような小屋の土の床のどこかに、巨大な糞の山。人間のではなく、コウモリの。ガチガチに乾いているのではなくて、新鮮な。

女　で、そういうのはなかったから、アランフエスへの旅は無駄だった？

男　いや、あとになって、僕の旅は実を結んだ。

女　話して。

男　で、きみの、男たちとの話の続きは？　だんだんに人数は増えていって、情事、色恋沙汰、アバンチュール、ゆきずりの数も重なっていくんじゃないの？　しだいしだいに光は見えなくなっていく。きみのいちゃいちゃとファックの年。夏も冬も、とか？　話せよ。でも、以前にある女がこんな風に話しているのを聞いたことがある。「私たちは食事して、踊って、やったの」。また別の女だが、「わたしたちはスキーに行った、わたしたちは泳いだ、私たちはした」、できればそんな話し方じゃないほうがいい。

女　そんな単語はここでは予定してないわ。でもゆるしてあげる。それもこの夏の風のおかげ。他の女や、他の女たちは放っておきなさい。ここでは私が女。それに、私は人生の中で一度もいちゃいちゃしたことなんかない。ファックなんて言わずもがな。

男　一度も？

女　一度も。たしかに、しばらくのあいだ、愛の子供、私は最初それだったわけだけれど、いまどきの女に変身していた。アクチュアルな女と言ったほうがお気に召すかな？　それとも、お望みなら、風の女。今日の風とは違う風の。

男　で、その期間はかなり続いたの？

女　分からない。いいえ、あの頃を思い返してみると、対立背反ばかりだった。一日ごとに、一時間ごとに、一秒ごとに。欲望、嫌悪。欲望に対する嫌悪。深い愛情、愛情の演技、暴力、優しい暴力、暴力的な暴力。そして何もかもがいつも突然にやってきた。突然の欲望、突然の欲求、突然の暴力。突然さの時代、時期……。

何か言ってよ！

男　その頃を悔やんでいる、と?

女　悔やむべきなんだと思う。でも悔やめないのよ。“Non, je ne regrette rien!”《ノン・ジュ・ヌ・ルグレット・リヤン》なんて叫びなんか全然信じていないのに。勝利の歌なんてそれどころか軽蔑に値すると思っているし。だれか哲学者が言ってなかったっけ、後悔とは、喜び、ねたみ、痛み、悲しみなどなどとはちがって、感情のカテゴリーには入らない、なぜなら、真の感情とちがって、後悔は幾何学的なシステムで書き換えたり、囲んだりすることができない、言い換えれば、後悔は空間も輪郭もない、って。後悔はただの点でしかない。後悔は存在しない。だけど、だけど……『欲望という名の電車』のあのブランシュ・デュボワは、作品の最後で、見知らぬ男と対面して、悲しそうに、でも信頼に満ちて、叫んでいなかったっけ。“Whoever you are - I have always depended on the kindness of strangers...”「あなたが誰だろうと――私はこれまでいつだって見知らぬ人の親切に頼って生きてきたの」。あれはエディット・ピアフの叫びとは全然別ものよね。ねえ、口を挟んでよ。

男　いいや。

女　だれか一人の男と一緒に、なにより復讐したいと思った時期もあった。何に復讐するんだって訊くんでしょ？

男　いや。質問はしない。質問したって、答えは返ってこないんだし。

女　それじゃ自分で自分に尋ねることにする。私はもう一人の別の男のために、その男に復讐したかったのか。違う。だれか男に復讐する理由も根拠も私は持ったためしがない。特定の男であれ、男たち全般であれ。私は一度も男の犠牲になったことなんてない。一度も。それに男というもの全体に復讐したいと思ったこともない。男性というものに幻滅させられて、男性というものが一つの無茶な要求に見えたとか、そんなことで。でもあの時期、そんな風に考え、行動している女たちに何人も会ったわ。一日のうちに、三人も四人も相手にしている女もいた。一人目を置いて二人目に会い。二人目を置いて三人目に会うという調子で、毎日毎日。男から男へ移るつど身体を洗いもしない。わざわざ洗うことはしない。そしてそれが一種の復讐の精神から、異性全般にたいする普遍的な復讐からきているわけ。それも人間に限らないオス全般にたいして。私の復讐の精神はあの女のとは違う。ねえ話を止めてってば。

男 自分で止めろよ。

女 止められないのよ。止めたくないの。私の人生のあの時代を思い出すと、哀しくなる。でもその心の痛みよりも喜びのほうが大きいのよね。

男 夏だから。そしてしばらく後の夏？

女 一つにはそう。それと、あなたが目の前にいるから。——復讐心、私の復讐心は、だれか男の人とか、男性全体に向けられたものではぜんぜんなかった。それが向けられていたのは——復讐には向ける相手が必要ですものね——別の人たち、悪意にみちた人たち、敵、支配的な、いまも世界を支配し続けているような人たち。私に復讐の精神を吹き込んだのは、特定の世界秩序、さらには理念、この復讐を現実の世界で実現し、一人の男に対してではなくて、その人と一緒にそれを祝うという理念。

男 その復讐行為のためにきみは一人の男を必要としたと？　それとも男たちか。

女　ええ。一人の男の身体が。男たちの身体が。男という種族が。男たちの種族——男たちの一人が、これいまここには関係ない話なんだけれど、なんで思い出したんだろう、ある男が、私に話してくれたことがあるの。彼は子供の頃、少年の頃、無のただ中の宗教系の寄宿学校に閉じ込められていたんだって。ネイティブ・スピーカーたちの言い方では in the middle of nowhere。それで大人になってからは、恋人ができるたびに、彼のかつての監獄への復讐の巡礼に連れて行ったんですって。

男　でそこで復讐として「愛の行為」をしたわけだ、ヨーロッパ風に言えば。

女　そういう話ではあったわね。

男　でもその二人はどうやって囲いの中に入り込んだんだろう?

女　彼の話では、巡礼の旅は毎回夏のことで、その時期、扉は通気のために開いていたんですって。でも彼は、その都度の女と戸外にとどまるほうを好んだ。そして彼の愛の行為のお決まりの場所は、彼のかつての寄宿学校の向かいの、むき出しの平らな岩の上で、そこから、ときどき眼を開けて首を伸ばすたびに、彼の巡礼の目的地のパノラマを眺めることができたんですって。似たような話で、ちょっと違うのを、数十年の刑から出てきた囚人から聞かされたこともある。

男　『遅い復讐』ってタイトルの小説があったな。

女　私の復讐行為もたしかに同じように反逆から来てた。でもそれはいちども一つの厳密な対象に結びついていたことはなかった。外界の、何か憤激させるものとかね。でもだからこそ私は復讐をそれだけ激しく、徹底的に生きたのかもしれない。そして私の共犯者もいっしょに。あの時期、男を恋人と思ったことはなかった、共犯者なの。そしてわたしがいままたようやく、話しをするうちに分かったこと——私の復讐の行為は決して計画されたもの、予め考えられたもの、準備されたものではなかった。例外なく、行動の間に、いいえ、行動の後になって気付くわけ。ああ、いま起こったこと、起こっていることは、復讐だった、復讐になっているんだ、と。私はいつも一瞬あとに、そして、——これも奇妙なことかも——私の共犯者も、一言も交わすこと無く、私と一緒に、感じ、知った。「復讐してやった！」って。——復讐って何に？　ただ復讐、いきなり。ああ、一度だけ、共犯者が叫んだことがあった。「さあこれで、ぼくらは、ぼくら二人は、あいつらに見せてやったぞ。ぼくらは正しい、ぼくら二人は、ね？　ぼくらはいままさに正真正銘の名作を創ったんだ、ね?」――創った、ではなくて、生んだ、と言ったのだったかしら――それで私はすぐに彼の口を塞いだ。でも他のときは、またそれぞれ違う共犯者とだけれど、なんという喜び。なんという子供のような――子供のころには決してなかったような――明るさ。なんというたゆたい。遅い、それだけ甘美な復讐。まるで彼と私はちょうど生きる上での障害すべてに打ち勝ったところのような、まるで人生の監獄にいたずらをしかけておちょくってやったような。以前は、二人の重力、他のどんな重力とも違う重力。これ以後は、笑い。でも糞とチスイビルに対するのとは違う笑い。自由。自由。その男と私、私たちは、一緒に、すばらしい作品を完成させたところだった。私たちは誰かを、何かを、守ったのだった。そして私たちは、時計を見る代わりにカレンダーを見た。一つの日付だったのだから!　歴史的な日付ではなくて、反歴史的な日付!

肉体の祝祭――これほど静かな祝祭はなかった。二人は世界にそれを与えた。流れ行くもろもろの出来事にそれを示した。

男

(ふわりとリンゴを投げる。同様の身振りで女は受け止める。) この自由って、そこから何が出てきたの?　一つの新しい世界?　なにか持続的な、新しい世界?　どんなものからできている世界？

女

二つの身体《からだ》の上の、雨だれの影。木の床の上の、雪でできた靴底のあと。帰郷の夜の、花いっぱいのニワトコの茂み。二つの身体を迂回して歩いていくハリネズミ。私たちは二人とも車のヘッドライトの光の中にいて、さらにクラクションのコンサート。列車の窓の外には緑の丘が規則的に高くなったり低くなったり、ちょうどコンパートメントの中の二つの身体と同じリズムで。干上がった川床の玉砂利に、そこで唯一の液体として、血のしたたり。海からの上昇気流が、高原の上で、山からの下降気流と出会う。湿原の湖の底からちょうど舞い上がった銀色の雲母の粉が、その温かい水の中に横たわっている二人の身体の周りに、ゆっくりと沈んでいく。そしてそのとき、そしてそのあとも、どんな復讐も関係なくなっている。あの身体たちは彼岸、彼方で動いている。もっと多数だった。すべてになった。いわゆる性感帯《ゾーン》すべての彼方、他の何でもの彼方、とにかく彼方。〈わたし〉もなく、〈彼〉もない。身体の宇宙しかない。点と宇宙が一致する。一つのペアの身体、無限のループの中に横たわって。

男

時が一つの肉体、一つの魂になり、どの始めと終わりも永遠をあえぎ求める。

女　そう。そうだわね！　あえぎ求める。そして捕まえる。

男　数えてたんだが、話の要素はだいたい九つ。つまり共犯者は九人いたってこと？

女　数は無し。ここではなし。今日はなし。どこでもなし。決してなし。——そこでまた不思議だったのは、そういう思いがけない復讐の行為のあと、いつも、男との共謀関係は終わったということ。とは言っても私は誇らしかったし、それ以上に、起こったことに感動していて、誰かにその話をしたくてたまらなくなった。これも変なんだけど、できるだけ、独身の人、私の司祭さん、修道女さんなんかに話したかった。挑発するというのではなくて、私の感動を分けてあげたくて。まだあの行為に満たされているうちだったら、司祭さんか修道女さんを前にしたら、脇へ引っ張っていって、彼か彼女に全体の詳細を——まったく高貴に——、そしてすべての瞬間を——ちなみに完全に天と調和して——まるで祈りでも唱えるように話したでしょうね。雅歌を変奏するように、心臓の鼓動の音楽と、肌のざわめき、とんでもなく高い波が岩に砕けるときのざわめきのような、肌のざわめきと合わせて。そうしたらきっとはっきりしたでしょうね、復讐の行為によって、わたしたち二人は世界の維持に貢献したんだって。——ただ、男、共犯者は、その後ではどうでもよくなるの。彼から離れるわけでもなく、わたしはその場で彼の女であることをやめるの。さようならを言うわけではないけれど、それはさようならなの。

男　で、男のほうも、その前の朗らかな復讐のときと同じように、きみと同様に感じたわけ？　それで、納得していたわけ？

女　ううん。そういうことは一度もなかった。いつでもドラマチックになっちゃったのよね。

男　ドラマって、悲劇？

女　ドラマよ。

男　幸い、ここでぼくら二人の間にはなんのドラマもない。ただ夏のダイアローグのみだ。

女　幸い、ね。

男　きみの共犯者の男たちには、なにか共通する特徴があった？

女　ええ。

男　「ええ」だけのダイアローグというのは取り決めに反する。話せよ。

女

何よりまず、わたしが男たちにその都度惹き付けられたのは、足りないもの、欠けているもののせいだった。あなたの言う特徴なんだけれど、あの男たちみんなが持っていなかった特徴なのよね。私を彼らに引き寄せ、私に信頼感を与えてくれた、彼らに欠けていたものというのは、あの目つき、「おれはきみが欲しい、きみを手に入れる、きみを手に入れることができる、おれはどんな女だって手に入れられるんだ。きみもだ。きみすらもだ！」って言うような目つき。それがなかった。彼らには芯からそういう狩人の目つき、密猟者の目つきが欠けていた。ああそうだ、こうして話してて今分かった。あの男たちの目つきにあったのは何か、何よりもあったのは何か、やっと分かった。今になって！ 男たちの眼が言っていたことは――ううん、言っていたんじゃないな――男たちの眼に書かれていたのは、「この女、おまえ、女よ、おまえは私には手が届かない。この女は、ああ、残念ながら、私には問題外だ。天と地は過ぎ去り、私も過ぎ去るだろう。そして私とおまえの間には決して何も起こらないだろう！」そしてこの悲しみの目つき、癒し難い悲しみの目つきが、そのつどの男に、私が自分を開いた理由だった。

男　同情かね。

女　いいえ。

男　「いいえ」だけのダイアローグというのは取り決め違反だ。――あわれみか？

女　ええ。そうかもしれない。ううん、あの希望のない眼はそのつど私の心に触れたのよ。いいえ、動かしたの。それも違う、ゆさぶったの。

男　愛だったのかな。

女　愛の話はやめましょう。**Ne me parle pas d'amour.**《ヌ・ム・パルル・パ・ダムール》あの頃のわたしは愛を信じてなかったし。ううん、わたしは自分に愛する資格がないと感じていた。もう愛される資格もないと感じていた。愛って言葉自体、口にできなかった。でも男たちはみんな、絶えず口にしていた。昼も夜も。

男　男たちが？

女　なんで？　わたしの言うことが信じられないの？

男　信じない。たぶん。いや、信じるかな。なにより古い映画をいろいろ思い出してみると……。信じるよ。

女　それでも毎回愛だったのよ。一つの部屋、一つの空間、いくつもの空間が愛に満たされる。わたしじゃなくて空間がね。あなた“Love Is All Around”って歌知ってる?

男　（数節歌う――ハミングする。）

女　たとえ愛ではなかったとしても、生命、なにか生きたものではあった。ただこの生きたもの、『焼けたトタン屋根の上の猫』の奥さんは、夫が「愛する」ときの、ためらいのなさ、決して「あせらないこと」、「落ち着いて、自信満々、冷静そのもの」なことを賞賛するわけだけれど、それとはちがう。私と男を取り巻いていたこの生きたもの、生きているという感覚は、まるで逆で、男の、もう一つの性の、もろさから来ていた――私とともに、男が終わることなく抱く絶望から。愛するとは、この壊れやすい男たちに、彼らすべてに、心を打たれること。

男　あとで嫌悪感、ってことも決してなかった?

女　決して。ううん、一度だけ。今思い出した。今。しゃべりながら。そして今ちょうど、私は自分の嫌悪感の光景が目に浮かぶ。

男　光景。

女　男が部屋を出て行ったあとの、シーツに残った彼の輪郭。

男　怪物じみた輪郭とか？

女　違うわ。ただの輪郭。それに嫌悪だけではなかった。軽蔑だったな。あの男は二度と、っていう。もう一度わたしに触れてごらんなさい、死ぬわよ、って。

男　今日、ここでは、暴力の言葉は無しだ。夏のダイアローグなんだってことを忘れちゃいけない。ところで、僕らがすわっているここの上の木々は、ニレじゃないね。この木々の下では、騒ぎは無しだ！

女　わかったわ。ちなみに私はあの輪郭に、今ではそれどころか感謝してる。私の軽はずみの時代、私の成り行きまかせの時代、ううん、来るものの来るにまかせていた時代が、当時の私を救ってくれたのかもしれない。

男　救うって、何から。

女　死から。干涸びることから。私の心が干上がることから。自分の本性に反してまでやったにしても／それでときどき私はひとすじの光を与えられた。それでも当時の私にはどれほど愛が不足していたか。

男　いまここでは愛の話はやめよう。十一月のちょっとばかりのメランコリーぐらいならいいかもしれないけど。――ほら、見てごらん、今ちょうどコマドリが草の中に着地した。音も立てずに。完全な無音で。コマドリって、地面に落ちる木の葉に、鳥の中でもいちばんよく似ていると思う。

女　私自身に愛する資格がないということ、愛に値しないということ、わたしが、女が、女としてのわたしが。それが欠陥だった。そして当時、ほとんどすべての人間が愛に値しないように見えた。とりわけ女たちが。もっと悪いことに、憎むに値するように見えた。

男　見ろよ、ずっと向こうの道路にブエルタ・ア・エスパーニャのトップ走者が、たった一人で。天涯孤独。見ろよ、見ろってば。その後ろに一人だけランナーが。完全なランニングウェアで。走りながらあんなに泣いている。跳ね歩きながら、わあわあと、しゃくりあげて、あわれなほどに、泣きわめきながら走り続けている。彼も天涯孤独なんだ。夏にしかありえないようなね。聴けよ、聴けったら。

女　わたしはあのころ女たちが嫌いだった。私の性、いわゆる美しき性が嫌いだった。女の美しさなんてもう本物ではなかったのだもの。イミテーションで、見せかけの美しさ。金で買える美しさ。商品としての美しさ。どれにも値札が付いていて。需要を待っている商品。

男　夕べ、ぼくはプレヤデス星団の夢を見た。七つの星が、ティアラの形になってる。そしてプレヤデスは、空で輝いているのではなかった。この下界で、地面に近いところで、暗い山の背の前で。あれはすごい輝きだった。暗い山を背に、手幅ほど、雀の一飛びほどの高さにただよっていた。かつてどんな空にも見たことがないような瞬き。

女　美しさというものが要求を課す。美しさというものが条件を課す。それは与えるのではなくて奪う。開かれた美ではなくて閉じられた美。そして男を開くのではなくて男を閉じ込める美。でも与える美、開いた美、開かせる美こそが美なのではないの？　ねえ、違う？　成熟した美、別の成熟、でも当時のあのお人形さんの唯一の成熟は性的成熟でしかなかった。そしておまけに……　そしてこのお人形の愛と言えば、どちらかというと脅迫。『ウィーンの森の物語』の肉屋の、かわいそうなマリアンネに対する愛みたいに。「おまえはわたしの愛から逃げられないのだ！」ってね。こういうお人形さんは、非現実的だっただけではなくて、とんでもないもの、問題外だった。当時のわたしは、またちがってとんでもなかったわけだけれど。そういうお人形が変身するとすれば、その先は、ちょうちょなんかではなかった。いいえ、変身するとすればイモムシ、毛虫だった。毒のある。そしてそれでも生き物になるとすれば、男にすべての責任があった。男がすべての責めを負っていた。悪いのは男。いつでも、どこでも。そして男のために身を装うかわりに、サナギになった。ああ、美しい装い。

男　そして今度は、ほら、みてごらんよ、バスが、ずっと向こうの郊外道路を、ほとんど空で、最後部にだけ人を乗せて、いや、あれ、こどもで一杯じゃないか。後ろの方にぎっちり、こどもが十人、いや三十人、いや五十人——いまは数はオーケーだよね？——一つの身体になって、でその身体が絶えず形を変えて、円錐になったり、ピラミッドになったり、平行四辺形になったり、そして今度は、ほら、見てごらん、実物より大きい、いや、実物大の、花束になった。色とりどりの花の——善の華だ。当然ながら二つ三つ悪の華も混じっているとしても、たぶん。

女　男を、他者を、男たちを、豚に変えるのが、女の快楽であり悦楽である時代だった。もっぱらそのあと、豚になったことを軽蔑したり、憤激したりするためにね。雄牛なんて話にはならなかったし、ましてや白鳥ということもなかった。なにより、黄金の雨なんてものはありえなかった。男、男たちに対する当時の女の憎しみほど陰鬱なものはなかった。この世にあれほど冷たいものはなかった。ともに安らぎ、互いの安らぎになることなど忘れろ、と言われていた。ああ、あれほどの安らぎはないのに。あれよりもいい共生はないのに。二人で、梢で。

（双方のため息の対話。男と女とでは異なったため息の。）

男　そして、見ろよ、バスの前のほうにたった一人の乗客、まっすぐ背筋を伸ばしたシルエット、進行方向とは反対に、後ろ向きにすわっている。横顔が後ろを向いている。歌の切れ端はもうやめろ。"O my darling, o my darling, o my darling Clementine ..."それともぼくの聞き違えか？

女　私の耳には"Redemption Songs"に聞こえるわ。（女は一フレーズ歌う。）"Redemption Songs. Songs of freedom..."もうずいぶん前から、ものを見るにも見回すにも自分を見せるにも、映画の中の女たちが愛を交わすときみたいなやり方しかできない女たちしかみかけなくなった。見るってどこから見るのか。どこを見るのか。じろじろと、目を丸くして。顔のかわりに仮面。身体のかわりに人形。包み隠されたもの、ベールに覆われたもののほうがまだ耐えられる。たとえそれが神の意志だとは言えなくても。そうじゃない？　しかも私たちは、女も男も、見てくれのいい表面の下では、完全におびえ、うろたえ、顔についても身体についても、根本的に怖じ気付いていて、途方に暮れて、不器用で、悩みだらけ。悩み、ええ、悩み。いつだったか私は一日中、苦しみを抱えて窓辺に座っていたことがある。窓は開いていて、カーテンが一日中、風に吹かれて私の顔にまとわりついていて、その意味は「私の愛する人はどこにいるのだろう？　私の相手はどこにいるのだろう？　なぜ彼は現れないのだろう？　なぜ来てくれない、なぜ私を見つけてくれない？」。そしてカーテンはずうっと私の顔をなぶるのをやめなかった。そうやって自分の相手を引き寄せる。と言うより、引きずり出す。いまどき、女の本当の顔を見たらろくなことはないのよ。

男　なんでろくなことないの。

女　一人でいるようにのろわれているからよ。一人のままでいるように。

男　いまどき、だけ？

女　昔からかもしれない。でも今はいつにも増して。言ったでしょ、一人でいながら生き生きとしているのは恐ろしく辛いことだって。

男

昔、ある男について言ったように、だろ？　——子供の頃、夏とあの花、なんて言ったっけ、ホウセンカかな、夏とあの花は頭の中でというか感覚的に、結びついていた。あの花は、“Noli me tangere!”《ノリ・メ・タンゲレ》ワレニ触レルナ！　という名前もあった。あの細長い実、夏のあいだに膨らんでいく実。こどものころ、そういう名前なのに、いやそういう名前だからこそ、しょっちゅう触った。ほんのちょっと撫でたぐらいでも、あの実ははじけて、乾いた、ほとんど聞こえないくらいの音を立てた。それでも、いやかすかな音だからこそ、夏の森の静けさの中で、はっきりと聴き取れた。そうしてはじけて丸まって、さやの中から早生リンゴの種のように黒い種の粒が、あたりにはじけ飛んだ。あのワレニ触レルナの、さやに次から次へと触れるごと、ほとんど聴き取れるか聴き取れないかぐらいの爆発、飛び散る種が、ぼくにとって、早生リンゴとちがって、夏の頂点、頂上だった。まるで夏が山の形をしているみたいにね。そして頂点のなかの頂点は、二つ、三つ、四つのさやを同時にはじけさせた時。花火みたいに。明るい昼日中の、黒い花火だ。指先で一瞬でくるんと丸まったさやの感覚。同時にはじけたさやから指先に伝わ

女

る感覚。指先のあの感覚があれば、どんな点字でも解読できそうだよ！

たえず悩み続けている女、あの頃の私はそれだった。男が時々はいたことはいた。でも男の存在は決して解決にはならなかった。そうそれで、男の人の身体、セックスって言ったほうがいいかしら、はいつでも驚きだった。いつでも——でも決していい意味での驚きではなかった。バランス、埋め合わせ以上のバランス、よくない驚きに対して釣り合いをとる重さ、ただの釣り合いの重りをはるかに超えるものが、愛によってもたらされるはずだったのかもしれない。あのころ私はたしかに、ほんのときたまだけれど、愛を感じたことがあった。こどもに対する愛とか、もっと強かったのは、お年寄り、死に近いものすごく歳とった人に対する愛。でもけっして大人に対する愛、男に対する愛、女に対する愛というのはなかった。それでも、女のかたちほど力強いものがあるかしら？ 力づけるもの、なだめるものが？ ただ、それが支配しようとするとろくなことにならない。女が、いちばん愛する人といっしょにいたあとで、あたりを、まわりに誰もいなくても、見回すときの、誇り、世界を支配するような誇り、あれはまた全然別。あんなふうに世界を支配するように見回すことができるのは女だけ。愛する女だけ。

男

そしてもう一つ、夏の頂点を凝縮するイメージがある。夏の盛り、夏にだけやってくる「今日」、「いま」を凝縮するイメージ。――「ここが夏だ、ここで跳べ！」それはあの小さなくぼみ、砂地の広場や、駅のホーム、無人の荒れ地の砂地の円いくぼみ。スズメが作った小さなくぼみだ。乾燥した夏の時期、無数のスズメが砂浴びをする。身体をきれいにするためというよりは、羽や羽毛についた虫などを落とすためだろう。何羽ものスズメがそこここの砂の中でくるくる回っていることがよくあるんだ。狂ったように高速で、まるで脚がなくなってしまったかのように、腹を地面に押し付け、羽根を広げて、船のスクリューかヘリコプターの羽根のように旋回している。一羽一羽、それぞれのくぼみで、そしてまたそのあとにやってきたスズメたちも同じように、狂ったように、忘我の境地で砂浴びをする。そんなふうにして、夏の間に無数のスズメによって、そういう円いくぼみがどんどん深くなっていき、しまいには砂の地面一面、均等にくっきりとリズミカルな模様みたいに見えるようになる。そして雨がやってくる前の日、くぼみが一番深くなったとき、そのときが夏の、「いま」の、「今日」の頂点なんだ。そういう日の、スズメたちの最後の着陸――どの穴、どのクレーター、どのくぼみも一羽ずつ、小さくてくしゃくしゃの鳥の身体でうまっている。そしてその鳥たちがみんなくるくると回る。ヘリの羽根のように回る。舞踏病のように回る。以前にもまして狂ったように、我を忘れて。雨の来る前、この日、砂浴び場の全体が、このミニ竜巻、ミニ砂嵐の中で、見えなくなる。スズメたちの群れが、近付く雨を察知したかのように、茂みへと飛び去った後、一時間たっても、そこここで、砂粒が、クレーターの底へ、さらさらと落ちる。まるで砂浴びしていたものたちのエクスタシーが、今、そして今、そして今も、空《から》のクレーターの中で続いているかのように。このリズミカルなレリーフは、大雨の日にも崩れずに生き残る。小さくはなるかもしれないが、続く秋や冬をも生き延びる。マッチの燃えさしや、煙草の吸い殻や、コンドームや、枯葉が詰まってはいるかもしれないが、でもどのくぼみも、まったく見分けられなくなってしまうことはない。この模様、ゲーム、リズムは、知っている者にはいつまでも眼に見える。見ていた者にはいつまでも目に見える。

女

あれは、そう言ったほうがよければ、私だけにとどまらない虚しさの時代だった。何をやっても何にもならない時代だった。それは、「私になにができる、／わたしはなにをすればいいのか分からない、／私に何ができる？」の時代。そしてこの時代は続いているように思える。それは続き、それは肉体化物質化するように思える。夏、夏の盛りに。私の愛に値するものはどこに隠れているのか。あなたが隠れている場所を教えて。私、女、にとってはどの人間もよそ者、例外なく、一目見て、敵かもしれないもの、そしてとうにシルエットはない。シルエットかもしれないものは。でも以前はそうじゃなかったのよね、『欲望という名の電車』のブランシュ・デュボワにとってそうじゃなかったというだけではなくて。一人の男の女／妻だと宣言するだけではなくて、一人の男の女／妻として生きている女なんてどこにいるの？　昔の西部劇や、何世紀も前の中世の愛の叙事詩で示され、語られていたそういう女は。あれは作り事だったのかもしれない。でもどんなフィクションもただのフィクションだというわけじゃない。フィクション？ファンタジーよ。あのファンタジーの高貴な女たちほど高貴な要求はない。他方で、私は決してああいう婦人たちのようになりたいと思ったことはない。それよりもその婦人たちの崇拝者、ガーヴァインだろうがエレクだろうがパルツィファルだろうが、愛に値するものとなるために、まずは冒険、アヴァンチュールへと旅立つ者。私は冒険者になりたかった。でもまったく違う種類の。いわゆる愛のわざ、アルス・アマンディの名前で、でっちあげでない、現実の世界の力によって声明されている愛のわざ。それも、あの要求に比べれば何の価値もない。愛のわざは存在しないし、存在したこともないし、これからも存在しないだろう。もう一つの帝国万歳——一人の男の妻／女の帝国、相続されない帝国、つかの間の、一日だけの、無力な、思い込みの帝国。思い込みというのは物質、要求の物質から作られるもの。ファンタジーほど物質的なものはない。そう、天も地も過ぎ去るだろうけれど、私の要求は過ぎ去ることはない。そんな女支配者を体現すること、そのためになら私はすべてを犠牲にする。窓ふき女の女王。ドアマットの女王、キノコの傘の女王。犬の蚤取りの女王。ベッドウォーマーの女王。果物泥棒の女王。カップの取っ手の接着剤の女王。それから……

男　アランフエスの女王！

女　……対抗史、歴史に対抗する歴史の女王ね。

男　もうずっと前から、アランフエスは夏の離宮ではなくなっている。王の離宮でもないし……

女　……女王の離宮でもない。

男　……女王の離宮でもない。でもあの日、あそこを歩いているあいだ、そして何よりそのあと外に出てからも、一歩歩くごとに、王国のしるしに出会った。生命のないしるしじゃない、生きた、生気を与えるしるしだ。もう言ったっけ、あれは今日のような真夏のうるわしい日で、今日ここと同じように、現在としてよりも予感として強かった。そして最後に、アランフエスの城、中心部、周縁を後にして、ずっと奥、最後の家々、小屋、納屋、ガソリンスタンド、犬小舎もようやくあとにして。サバンナの中を突っ切り、草はマンチャのむき出しの花崗岩に代わり、そして森の中へ。カシの木、栗の木、ブナの木、まるで王領の公園の中のようで、それでいて全然違う。それは野生の樹々で、互いに絡み合い、互いに生存競争をしている。森の全体が、ほとんど人の手が入らず、原生林になりつつあるところだった。アランフエスに行く前、旧王宮のまわりのあちこちに野菜畑があるという話を聞いていた。いわゆる「王のキッチンガーデン」、かつてはあらゆる種類の果物や野菜がすばらしく豊かだったというが、今は完全に消えてしまっている。そういう果物と野菜に、それからあの野生の森の中で、そしてその後サバンナへの戻り道でも、出会った。しばらくすると、入り組んで成長した樹々の間の半日陰に慣れて、その根元の茂みの中に、垂直に射してくる光のおかげで、ほのかな輝きがはっきり見分けられた。いたるところに、ルビーのような赤。その場にじっと動かずにいるかと思えば、風が吹いて動く、揺れる、振動する。なんだったか当ててごらん。

男　女

今日はクイズはなし。

フサスグリの実だよ。大昔、王の野菜畑の垣根として栽培されていたのが、畑がなくなるとともに、ステップの野生の森の中へと出て行ったんだ。そいつらは、アランフエスの街を後にして、どうやってだかリオ・テホ、テホ川を越え、メセタの上に移住したんだ。そしてこの長い旅の間に、空間的にというよりは時間的に長い旅だな、数世紀にわたる移住の間に、フサスグリは変わって行った。一方で決定的に小さくなって、柄に付く実の数も、栽培種の、特に王の畑で栽培されていたフサスグリより少なくなった。そしてルビー色の実を付けて揺れているその茂みは、もう垣根のかたちにはならなかった。他方で、そのルビー色は千倍も濃くなっていた。真珠のような実の一つ一つが、強烈な輝きを発している。まるで実の中から光が出ているかのように。それはまた森の他のどんなベリー類よりも野性的に感じられた。ラズベリーもブラックベリーも、そこらじゅうにあったんだけれどね。そのルビーの赤色が強烈だったのは、長い移住の時期に実が小さくなったからだけではなくて、全体に小さくなった木のエッセンスが凝縮されていたからだ。それからぼくはその野生のフサスグリを一粒味わってみた。たった一粒だ。舌の上で酸味と甘みが爆発して、その瞬間全身に響いた。下から、地面から上へ。あの味は、栽培種のどんな王の果実とも違うかたちで残っている。あの味を、今でも自分の中に感じることができるし、死ぬまで残ることだろう。インシャラー。

男　女

アランフエスへの帰り道、街の外のサバンナで、他にもいくつも、かつての王のキッチンガーデンからの逃亡者に出会った。何種類もの豆、緑の、白の、黒の、まだらの、エンドウ豆、トマト、キュウリ、みんな、あちこちに、丈の高いサバンナの草から抜きん出、すり抜け、あるいは這い出していた。訓練中の外人部隊のように、匍匐前進していた。そしてとりわけかぼちゃ、オレンジ色のかぼちゃの玉が、そこらじゅう、ずっと向こうのぼさぼさの草の中まで。赤と黒のまだらのもあった。こう言ったほうがよければミミズ腫れみたいに。大きさはさまざまで、どんな庭にも見られないような光景だった。そしてこの地面に転がった実、文明と飼育からメセタへと逃げ出したこの野生児たちは、決して四角や三角の畑は形作らず、それでいて決してカオス的でもなく、例外なく、輪を作っていた。輪、昔の植物学者が「魔女の輪」と呼んだ輪だ。輪と輪が重なりあったり、一部で接したり、さらには絡み合ったり。カボチャの輪がカブの輪と重なりあい、草の中から黒く輝き出ているナスの輪が、尖った、スペイン語で叫んでいるような赤のパプリカの輪に寄り添っていたり。そしてあの夏の日、アランフエスの草原を歩きながら、——もうずいぶん前のことだ——ぼくは何百という魔女の輪を見分けることができた。あの歩きは、それ以来二度と体験しなかったような歩きだった。ああ、今でも魔女っているんだよ。少なくともかつてはいたんだ。そして繰り返し、この輪の中から、スズメたちが飛び立った。完全に隠れていた住民たちだ。ああ、地上を旅するならこんなふうにするべきなのかもしれない。魔法の靴を履いて、でも輪を描いて。ああ、あの魔女の輪は悪魔の輪＝悪循環ではなかった。あそこの土地ほど豊かな土地はない。あれほど豊かな腐植土はない。

（彼は自分の肘掛け椅子から飛び起きて、シーンのそこらじゅうを輪を描いて動く。）

女　あら、アクション！　アクションは無しってことになってたんじゃないの、ダイアローグだけって。

男　（輪を描き続ける。次第に後方へも行く。）ちょっとしたアクションはあってもいいだろう。

女　アクションなし、語られる言葉だけのほうが輪をしっかりイメージできたのに。

（予感される樹々のざわめきが、次第に別の物音に取って代わられる。予感ではなくはっきりとした現在。低空飛行する一機の飛行機の轟音、一台のヘリコプターの爆音、一台のパトカーの、救急車のサイレン、複数の救急車の、複数のパトカーの。）

男　（輪を描くのをやめ、椅子に座る。）ああ、夏の風の中の樹々のざわめきからもう、今日、別れなければならない。ずっと先のいつか、あるいは近い日に、そしてそれから永遠に。このざわめき、人の髪の毛をつかんでどこか別のところへ連れて行くと同時にその場にいさせる、このざわめきと別れるなんて。時事性よ、われわれから離れていてくれ。時事問題よ、平和を与えよ。陰謀は失せろ。大きな異端審問官よ失せろ。別の意味で悪い小さな異端審問官よ失せろ。

女　あの神託覚えてる？　「愛にあたいするものはすべて夜に見つかる」って。

男　¡Flores! ¡Flores para los muertos!《フローレス・パラ・ロス・ムエルトス》 ¡Flores para los muertos!（花！　死者のための花！　死者のための花！）

女　ここでは心配ごとは無し。お願い。悩みは無し。嘆きも無し。

（彼女はゆっくりと彼にリンゴを投げる。そして彼はそれを受け取った？　落とした？　外界の物音が大きくなってくる。叫び、銃声一発、リズミカルなクラクション。すべては遠いと同時に現実的。）

男　こんなリズムになるはずじゃなかった。ついさっきまでは、蜂のぶんぶん飛ぶ音が聞こえていた。今度はスズメバチ、こんどはモンスズメバチ、アジアかどこかからやってきた、蜂の中の殺し屋だ。

女　わたしやっぱり言っておきたい。あなたの質問に感謝してるって。あなたがしなかった質問に。

男　そしてこんどは、一瞬、巨大な鳥の影。それともあれは飛行機、音も立てずに飛ぶ飛行機だったのだろうか。まるで太陽が瞬きしたかのようだった。

（しばらくの間、一人の子供が泣き叫ぶ声、息もつかずに。死の叫びの前のような、すすり泣き。死の叫び。しばらくの間、二匹の猫あるいは犬の、かつ／または何であれ生死を争う動物の騒ぎ。）

女　どんな生き物も相手を求めるのよ。単細胞生物でも。

男　ずっと自分の唇を噛んでいたことに気がついたよ。いつも真冬にしかやらないことなのに、変だな。そしてあの高いところを、もう秋の野生のガチョウが南目指して飛んでいる。

女　あのガチョウたちのV字は、本当の勝利のサインね。そしてほら見て、二匹のチョウチョがお互いの回りをまわっている。一つの世界みたい！（女はしばし叫び声を発し、それから笑う。）カラスのメスは、エクスタシーのとき、こんな声で鳴くのよ。

男　そしてあっちで遠吠えしたりクンクン鳴いているのは、道路に置き去りにされた犬だ。ひとは、愛するものを、ことの始めから失っているんだ。永遠に。失わなかったとしても。ちなみに野生のフサスグリはカメムシの臭いがした。そして見ろよ、いや、見るな、あそこのトンボは、もう空中を飛んでいない。巡航していない。地面の上で、地面をひっかくように、ばたばたしている。なんという希望のない音だろう。そしてあのとき、魔女の輪をめぐって歩いていた時、草原で、突然目の前に牡牛が立っていた。じっと動かない、円く黒い、不倶戴天の敵を見るような眼。——と思ったら、それから、額を僕に、僕の腕に、こすりつけてきた。——そしてまたしても救急車だ。今度来るやつは僕用だろう。非常出口じゃない、非常入口をお願いします。白い風の花がいい加減すべて閉じてしまいますように！

女　だめよ、うてなは開いていなければならない。もっと開かなければならない。中世では愛を表す言葉は女性だった。La amors。

（建物のアラームサイレン。最初に一つのアラーム。それから第二の、それから多数の。同様に、眼に見えないところに停められた車のサイレン。どんどん多くなる。）

男　まあともかくもあれは僕ではない。僕の家ではない。僕の車ではない。いや、やっぱりそうなのかな？

（アラームが止む。）

女　で、あの男と女の詩、覚えてる？　たがいに絡み合いながら、分かれてるの、イバラの薮のどこかで。二人は互いに夜の中に入っていく、hinüberdunkeln《ヒンユーバードゥンケルン》することを望むんだけど、――でもそれは不可能。「光の強迫」、Lichtzwang《リヒトツヴァング》が支配しているから。でも「光の強迫」が支配するなんてことほんとうにあるのかしら。

（あらためて騒音が大きくなる。同時に、女は自分の髪を解く。ゆっくりと、非常にゆっくりと。）

男　¡Flores! ¡Flores para los muertos! 花！　死者のための花はいりませんか！　――ああ、秋、どの影もひとを騙す。何かがいるように見せかける。何かがいないことを思い出させる。苦しみ、痛み、何かを逃してしまったことを思い出させる。

女　今日のそれは私の生涯の男性との出会いのための日――私が死の丸木舟に変身させられる前に。ありがたくない時間というものが、快い空間に変わる。そしてどの初めと終わりも永遠になる。踊るべき瞬間、しずかに、ただ座っていながら。

男　幸福な愛というものはない。Il n'y a pas d'amour heureux.《イル・ニャ・パ・ダムール・エールー》 No hay amor feliz.《ノ・アイ・アモール・フェリス》 Solamente《ソラメンテ》 la loba famelica.《ラ・ロバ・ファメリカ》 いるのは飢えた雌オオカミだけだ。

（男はリンゴを女に投げて返す。女はそれを受け取ろうとするそぶりも見せず、そのかわりにひまわりで一杯のラタンの花瓶をテーブルの上に置き、その上に腕をつく。花瓶は女の心臓の鼓動で振動する。しだいに強く振動する。）

女　あなたの永遠のリンゴの魔法のメルヘンね、フェルナンド。見て、別の永遠よ。

（女はゆっくり肩脱ぎになる。女の肩は、内側から光が射すかのように光り始める。
それから女は頭を後ろへ、虚空へ、ゆっくりと反らす。）

男　シルエット？　前に言っていた？　「アランフエスの麗しい日々も只今かぎりに相成りました。せっかくここへ参った甲斐もございませんでした。」僕は満足していない。「時の深みのなかに、何が眠っているか、誰に分かるものか。」……
Tengo hambre.《テンゴ・アンブレ》　腹が減ったよ、ソレダー。

女　Y yo tengo sed.《イ・ヨ・テンゴ・セド》　そして私は喉が渇いている。変な感じね、裸でいるっていうのは。
それも一人で。

（そしてゆっくり光と舞台が消える。）

音楽

訳者あとがき

副題は“Ein Sommerdialog”（夏の対話《ダイアローグ》）。ドイツ語圏の文芸出版では「（長編）小説」「物語」「劇」などのジャンル名がタイトルの下に付されることが多いが、本書ではその位置を「夏の対話」が占めていることになる。一人の女と一人の男による対話。

ハントケの仕事のメインは小説＝物語作品だと思われるが、戯曲作品も多い。デビューの年の一九六六年、センセーションを巻き起こした『観客罵倒』から『カスパー』、『村々をめぐって』（一九八二年）など、決して少なくない。論創社から鈴木仁子氏による日本語訳が出されている『私たちがたがいをなにも知らなかった時』（一九九二年）は、台詞のまったくない無言劇だ。『問いの技法』（一九九四年）、『不死への備え』（一九九七年）、

『丸木舟での航海』（一九九九年）、『地下鉄ブルース』（二〇〇三年）、戯曲とも物語ともつかない『今なお嵐が』（二〇一〇年）のあと、本作『アランフエスの麗しき日々』（二〇一二年）が続く。そしておりしも本年（二〇一四年）、ハントケは重要な演劇賞、国際イプセン賞を受賞している。「演劇の世界に新たな芸術的次元をもたらした」者に与えられるという賞だ。

『アランフエスの麗しき日々』は、二〇一二年、ウィーンの祝祭週間にブルク劇場で初演。リュック・ボンディ演出、デルテ・リュセウスキ、イェンス・ハルツァー。ドイツ初演はベルリーナー・アンサンブルにより、二〇一三年五月に。フィリップ・ティーデマンの演出。リューディガー・フォーグラー、シルヴィ・ローラー。同年七月にミュンヘン、レジデンツ劇場でもダニエラ・レフナーの演出で上演されている。作中で、男は「ぼくら二人のあいだにドラマはない」と言っているが、かなりドラマチックな演出も多いようだ。日本では、二〇一四年六月に、大阪ドイツ文化センターの主催、羽鳥嘉郎氏の演出で、京都と大阪で初演される。

追憶に耽るような、ゲームのような、審問のような「対話」。言葉によるダンス。「アクションは無し」。登場人物は「女」と「男」の二人だけ。いずれも定冠詞付きの。場所はどこなのか、二人はどのような関係なのかは開かれたまま、つまり明示されない。二人の間を、言葉とともに、林檎が一つ、行き交う。そう言えば、創世記の時代から、林檎は女と男の間の不可能なコミュニケーションの道具だった。ハントケが脚本に携わった『ベルリン天使の詩』を知る人は、二人の言葉に、ところどころ、あの天使たちの言葉を思い起こすかもしれない。

シラーの「劇詩」、『ドン・カルロス』(一七八七年)は、王の懺悔聴聞僧が王子カルロスに向かって言う次のような台詞ではじまる。

「アランフエスの楽しい月日も、只今かぎりに相成りました。殿下には、少しも御機嫌を直されずにご帰還遊ばしますか。それでは、せっかくここへ参った甲斐がございませぬ。その謎のような沈黙をお破りなさいませ。お父君にお心を開いてお見せなさいませ。〔…〕」（佐藤通次訳、岩波文庫）

この作品のタイトルは、ここから取られているわけだ。「女」と「男」も、『ドン・カルロス』の中のそれぞれ王妃エリーザベトとポーザ侯の姿にやや重なる趣がないでもないし、もう一つ引用も行われているが、シラーの作品とそれ以上の関わりがあるかどうかは審らかにしない。ただし十六世紀からスペイン王室の夏の離宮だったアランフエスという土地は、男の語りの中で、重要な役割を演じている。そして最後に女が口にするフェルナンドという男の名は、かつてこの離宮で過ごしたであろう何人ものスペインの王族の男たちを思わせる。

ハントケの言葉について語る時、つねに言わざるを得ないのは、次のようなことだ。

言葉は物事を覆い隠し、私たちの目を塞ぐ。初期の作品には、そうした障害としての言葉、桎梏としての言葉を批判的に明るみに出す要素が強い。この側面は、ユーゴスラヴィア紛争コソヴォ紛争を廻るジャーナリズム批判にも目立っていた。

しかしまた言葉は私たちの目を開き、ものを見させてくれる。簡単な例を挙げよう。「盲窓」という言葉がある。これはハントケ中期の代表作、『反復』（拙訳、同学社、一九九五年）で重要な役割を果たしている言葉だ。いま、その内容には触れないが、「盲窓」とは、石造りの建物の壁を、窓のような形に窪ませた意匠のことで、かつてハプスブルク家の支配地域だったところに多く見られる。私の勤務する大学の建物は、元々ウィリアム・メレル・ヴォリーズの設計になったもので、スペイン・コロニアル様式と呼ばれ、この盲窓があちらこちらに見られる。この建築意匠は、スペインやオーストリアから、新大陸を経て、西日本のこんなところにやってきているのだ。しかしこの「盲窓」という言葉を知らない限り、その存在にはまず気がつかない。見てはいても見えてはいないのだ。あの大学の教職員や学生たちのほとんども、気付いてはいないだろう。そこに、この言葉が与えられたとたん、至る所に目につくようになる。『アランフエスの麗しき日々』の男は、スズメたちが砂浴びした跡の砂地の凹みについて、こう言っている。「この模様、ゲーム、リズムは、知っている者にはいつまでも眼に見える。見ていた者にはいつまでも眼に見える。」

こうして、とりわけ中期以降（ここでは一九七九年からの『ゆるやかな帰郷』四部作以降を念頭に置いている）のハントケの語りは、いつも、見過ごされるもの、目立たぬものに言葉を与え、語りの中にその場所を与えていく。だれもが口にし、大量消費される言葉とはちがう言葉。本作でも、そうした小さきものたちを照らし出す例には事欠かない。先に触れた、スズメが砂浴びをしたあとの地面のくぼみ。鷹、ヒルガオ、ツバメ、トンボ、小麦、クワの葉、木小屋の節穴から落ちる光、蜘蛛の巣に捕えられた蠅。カモメの声、ニワトコの花、ホウセンカの種、フサスグリのルビー色の実、畑から逃げ出して生えている野菜たち。

湖の底の雲母のきらめき。またおぞましいもの、汚いものもある。蛭、煙草の吸い殻、人糞。（そういう中で語られてはならないもの、この場の語りにふさわしくないものとされるのが、ヘリコプターや爆撃機、権力闘争、「仕事」だ。）

実のところ、性というのもそうしたもの、言葉にされぬものの一つ、最たるものではないだろうか。私たち人間の〈条件〉でありながら、語られぬもの、語ることが困難なもの。語るとすれば往々にしてポルノグラフィーか、あるいは告発になってしまうもの。あるいは、であるからこそ精神分析の特権的な対象になるもの。（事前に女と男の間で交わされたとおぼしい何かよく分からない「取り決め」に従うものではあるらしいが、男の問いかけ自体は、相当に不躾で、覗き趣味的ではある。）それを言葉にすること。それがここで成功しているのかどうかは分からない。しかしおそらくそれは問題ではない。何かを、世界を、未だ捉えられていない事柄を、捉えようとする衝迫が、二人の人物の言葉の根底にあることが重要なのだと言っていいだろう。

小説作品『ドン・ファン——本人が語る』（二〇〇四年、日本語版は宗宮朋子・阿部訳で二〇一一年、三修社）も、もちろん男と女たちの話だが、そこで描き出されるドン・ファンは「物語る」人物であり、父であり「孤児」であり、誘惑者ではなく、誠実で哀しみにひたされていて、「きわどい細部」とは何も関わることがないという未聞のドン・ファンだ。『ドン・ファン』と同時期によく似た装丁で出されたマルティン・ヴァルザーの『愛の瞬間』がたんなる老年ポルノであったのと対照的だ。『ドン・ファン』では当然ながらドン・ファンが女たちについて語ることで自らについて語っている。女が男たちについて語ることで自らについて語るこの「対話」、『アランフエスの麗しき日々』は、その意味では『ドン・ファン』の対幅になっている。

作品中には、しばしばラテン語、フランス語、スペイン語、英語が挿入されている。そうした言葉の前後には、多くの場合、ほぼ同義のドイツ語（翻訳では日本語）が置かれているので、特に理解に困難はないと思われるが、以下に一通り、訳注めいたものを含めて、挙げておく。

019ページ　ut pictura poesis（詩は絵のごとく）は、古代ローマのホラティウスの『詩論』中の著名な一節。ラテン語。

019ページ　From here to eternity（地上《ここ》より永遠《とわ》に）一九五三年のアカデミー賞各賞を受賞したアメリカ映画のタイトル。

030ページ　「愛の子供」としたのは、das Kind der Liebe。これは通常は「私生児」の意味で使われる言葉である。

031ページ　Non, je ne regrette rien!（いいえ、私は何も後悔しない！）フランス語。エディット・ピアフの録音で有名になった、シャルル・デュモンの同名のタイトルのシャンソンの歌詞。邦題は「水に流して」。

031ページ、038ページ　『欲望という名の電車』『やけたトタン屋根の上の猫』いずれもテネシー・ウィリアムズの戯曲作品。

035ページ　『遅い復讐』はおそらくコナン・ドイルの『緋

色の研究』のドイツ語版タイトル。

041ページ　Ne me parle pas d'amour.（私に愛の話をしないで）フランス語。シャンソン Parlez-moi d'amour「聞かせてよ愛の言葉を」（リュシエンヌ・ボワイエが最初に歌い、ジュリエット・グレコら多数の歌手に再演された）を踏まえているかと思われる。

042ページ　Love Is All Around 映画『フォー・ウェディング』（一九九四年）の主題歌。

043ページ　ニレの木についての言及は、ユージン・オニール『楡の木陰の欲望』Desire Under the Elms（一九二四年初演）を暗に指すか。

044ページ　ブエルタ・ア・エスパーニャ　毎年九月にスペインで開催される自転車ロードレース。

045ページ　『ウィーンの森の物語』は、エデン・フォン・ホルヴァートの戯曲。一九三一年初演。

046ページ　雄牛、白鳥、黄金の雨：いずれもギリシャ神話でゼウスが女神や人間（エウロペ、レダ、ダナエ）と交わる時に化身したとされるもの。

049ページ　**Noli me tangere**（我に触れるな）元はヨハネによる福音書で、復活の最初の証人となったマグダラのマリアに対し、イエスが言ったとされる言葉のラテン語訳。そのまま、鳳仙花の呼び名とされる。

057ページ　インシャラー　アラビア語。神の御心のままにの意。イスラム教で、アラーをたたえる言葉。

060ページ　**¡Flores para muertos!**（死者のための花！）スペイン語。スペインの墓地の花売りの台詞だと思われる。

062ページ　La amors　中世フランス語で「愛」。現代フランス語ではl'amourで、男性名詞である。

063ページ　「光の強迫」としたLichtzwangも、hinüberdunkelnも、パウル・ツェランの詩集『光の強迫』（一九七〇年）の中の言葉。この二語は、フランス語版（後述）でもイタリック体でドイツ語のまま置かれている。

064ページ　Il n'y a pas d'amour heureux.（幸福な愛というものはない。）フランス語。
064ページ　No hay amor feliz.（同右）スペイン語。
064ページ　Solamente la loba famelica.（いるのは飢えた雌オオカミだけだ。）スペイン語。
065ページ　「時の深みのなかに、何が眠っているか、誰に分かるものか」『ドン・カルロス』第一幕のカルロス王子の台詞。
065ページ　Tengo hambre.（お腹がすいた）スペイン語。
065ページ　ソレダー（Soledad）スペイン語。女性の——従っておそらくはこの女の——名前。普通名詞としては「孤独」を意味する。
065ページ　Y yo tengo sed.（そして私は喉が渇いている。）スペイン語。

蛇足ながら、どのみち原音は表せない音訳の限界は承知しているつもりだが、日本語コンテクストで普通に言われている「アランフェス」「ドン・ファアン」よりも、「アランフエス」「ドン・ファン」の方がスペイン語の音にはまだ近い。

底本としたのは、Peter Handke „Die schönen Tage von Aranjuez. Ein Sommerdialog" Suhrkamp 2012（初版）。この作品にはフランス語版、Peter Handke « Les beaux jours d'Aranjuez » Le bruit du temps, 2012 もあって、こちらも参考にした。フランス語版と言い、フランス語訳と言わないのは、別の訳者によるものではない、ハントケ自身によるフランス語版だからだ。両者の間には相違もあり、翻訳もこの程度大胆であってもよいのかと安心させられたところもあった。しかし日本語への訳者は小心であり、概ねドイツ語版に、訳者の力の及ぶ範囲で、従っている。ただし、一つ一つ断ってはいないが、一部フランス語版にしかない台詞やト書きを補っているところもある。

本書は、オーストリア大使館およびゲーテ・インスティトゥートから出版助成を受けている。記して感謝申し上げます。

また、フランス語による引用その他について貴重な助言を賜った山上浩嗣さん、スペイン語の引用についてご教示いただいた佐藤眞弓さん、ラテン語の音訳表記ならびに中世フランス語について教えていただいた石井正人さん、刊行に当たってお世話になった大阪ドイツ文化センターの西村美幸さん、論創社の松永裕衣子さんに感謝申し上げます。

著者

ペーター・ハントケ（Peter Handke）

1942年、オーストリア・ケルンテン州生まれ。オーストリアを代表する作家・劇作家。大学在学中に発表した小説『雀蜂』と戯曲『観客罵倒』で衝撃的な登場をとげる。『カスパー』や『ベルリン・天使の詩』は日本でも上演・公開された。『幸せではないが、もういい』『左ききの女』『反復』『こどもの物語』『空爆下のユーゴスラビアで』『私たちがたがいになにも知らなかった時』『ドン・ファン（本人が語る）』などが日本語で読めるが、未邦訳作品も多い。

訳者

阿部卓也（あべ・たくや）

関西学院大学准教授。

アランフエスの麗しき日々——夏のダイアローグ

2014年7月10日　初版第1刷発行
2019年10月25日　初版第2刷発行

著　者　ペーター・ハントケ
訳　者　阿部卓也
発行者　森下紀夫
発行所　論創社
〒101-0051 東京都千代田区神田神保町 2-23　北井ビル
tel. 03 (3264) 5254　fax. 03 (3264) 5232
振替口座 00160-1-155266　web. http://www.ronso.co.jp

装　幀　奥定泰之
組　版　中野浩輝
印刷・製本／中央精版印刷
ISBN978-4-8460-1335-6